무지랭이의 노래

무지랭이의 노래

초판 찍은 날 · 2018년 4월 17일
초판 펴낸 날 · 2018년 4월 24일

지은이 · 이종우
펴낸이 · 김순일
펴낸곳 · 미래문화사
등록번호 · 제1976-000013호
등록일자 · 1976년 10월 19일
주소 · 경기도 고양시 덕양구 삼송로 139번길 7-5, 1F
전화 · 02-715-4507 / 713-6647
팩스 · 02-713-4805
이메일 · mirae715@hanmail.net
홈페이지 · www.miraepub.co.kr

ISBN 978-89-7299-493-0 03810

무지랭이의 노래

이종우

자서自序

이제 삶의 반환점을 지나 사선死線으로 가고 있다.
그래서 뭔가 남겨야 한다는 절박감으로 쫓기는 심정으로 이
시집을 내놓는다.

백지와 만난 지 얼마던고, 밥이 안 되는 시에 매달리기 얼마
던고.
그 시간에 후회하는 것이 아니라 절편絶編 한 편 눈에 띄지
않는 나의 역정에 한숨 쉬는 것이다.

그럼에도 시와 함께한 나의 인생 여정은 구원의 빛을 본 것
이 사실이어서 삶의 어려움을 극복해 주었다고 자부한다.
시는 나의 화신化身이어서 보듬을 수밖에 없고 진정한 친구
로 내세운다.

여생을 왕성한 시작詩作으로 보내려 한다.
구원 받기 위해 글쓰기를 해 온 나로서는 인생의 마지막을
시로 덮으려 한다.

2018년 4월
중평재에서 이종우

Contents

Contents

1

존재를 찾아서

무지랭이의 노래

가진 것 없이 쇠똥 밭에 구르다가
저승을 바라보는 이들

한때 들꽃과 벗하고 풀잎과 어울리며
원망 않고 건강히 살았네

무지랭이는
제 손발로 뛰어 살았으니

하늘은 양보도 없이
무지랭이의 진땀을 흘리게 하였네

남을 속이지 않고 정직한 하늘을 만나
웃음을 잃지 않는 그대의 빛남을 위해

가슴 아프도록 목청 높여
노래를 하네 무지랭이의 노래를

북녘

금수강산을 헝클어 놓은 죄* 크도다

동토의 왕조 순식간에 녹아지고
원시 전쟁 사회 속에 자폭하고
노예 사회로 사람 이하 삶을 강요하며
사형수가 판치는 썩은 사회이니
민중을 어리석음으로 내모는 불모의 땅
벼랑 끝에서 핵에 집착하여야 하는 막장

어찌 같은 민족임에도
그 싹이 그리 다를까
북녘에도 해는 뜰 것인가

금수강산을 헝클어 놓은 죄 크도다

---

* 6 · 25 동란으로 금수강산을 초토화시켰고, 핵 실험으로 산하는 위기에 놓임

밤은

달빛이 창가로 밀려들어
눈 먼 자의 어둠을 밝힌다

대낮은 어두움만 못하여서
추태가 난무한다

밤은 그래도 포근하고 밝은 곳
눈 먼 자를 눈뜨게 한다

일본의 양심

일본의 양심은 어디로 갔나
지은 죄 하나 둘 사죄하여
비난의 화살 쑥쑥 뽑고
정신의 선진이 되라

이는 왜족의 열등감에서 비롯되었으니
그들의 마음을 쓰다듬어 줄 일이나
오랜 마음의 상처 무의식 된 듯
아귀다툼에 선수다

문명과 세기를 못 따라가는 양심
저 후지산 정상에 걸어
매서운 바람을 쐬라
양심으로 거듭나라

향내

향 싼 종이에서 향내가 나고
생선 싼 종이에서 비린내가 난다*

나를 둘러싼 종이에서 무슨 내음일까
지루한 나날이니 향내가 날까
수양이 더디니 무슨 향기가 날까

남들은 수수히 사는데
나는 괜스레 고민하며 산다

시를 쓴다는데
도대체 무슨 내가 날까

---

* 법구경의 구절

소유

내가 그대를 소유한다 함은
나의 향기를 그대 마음 자락에 얹어 놓고
그대의 향그런 내음 맡는 것이니
향이 사라질 때 소유도 사라지는 것
우리 속 향을 소중히 깊은 향을 소중히
그런데 향기는 절로 나는 것이 아닌
정성의 결정이어서
마음 깊은 곳에서 우러나오는 향이어야 한다

지옥 그 긴 계절

가난은 소박함이니
험한 세상 아무에다 기대서는 아니 되고

쫓기고 쫄리며 궁상이어도
의젓함 잃어서는 아니 되고

단 번에 얻고자
검은 그림자 아래 어른거려 아니 되고

하루하루가 그대를 사지로 몬다 해도
꿋꿋이 버텨 서고

찬란한 욕망들이 들끓어 올라도
참고 참고

어둠에서도 눈이 멀고 숨이 막혀도
너의 내일을 기약하고

아 지옥의 그 긴 계절을
화살처럼 지나야 하나, 나여

그대여

찌는 더위에 그늘이 되어 주고
추위 떨 때에 한풍을 막아 주는
그대여

배고프고 찌들어 있을 때
깨끗한 세숫물과 밥 한 그릇
넌지시 건네주며 미소 짓는
그대여

아무도 찾지 않아
적적한 마음에 샘물을 부어 주는
그대여

욕망이 앞서 가고 세상의 고통이 다가와
잠 못 이룰 때에 이마에 손을 얹어
안락의 밤을 주는
그대여

사랑 사랑 하여도 삭막하여
사막 언저리 거친 마음에 단비를 주는
그대여

혼탁한 지상의 강가에서 울고
어두운 하늘 아래 밤새워 근심하는
착한 이들에게 새 힘을 주는
그대여

내일의 밝은 쉼터를
오늘 눈앞에 그려 주는
그대여

어둠의 무게

언제 여기 어둠과 욕망의 터널을 툭툭 털고 지나
푸른 들판에 닿을까나
밤이어도
환하게 지내고

보면 볼수록
엉터리 이곳에서
쓰라린 피를 터치며
사라질 것인가
오늘도 햇살은 새롭게 환한데

이 땅 살기는 몸에 부대끼고
오늘도 어중간하게 스치고 간다

끝이 보이지 않으니
여기 짐은 무거울 수밖에

한밤에

갑작스레 한밤에 깨어
토사곽란이 이니
목숨의 끝은 내 몫이 아니다

하는 일 모두 불확실하니
그 끝의 구원은 있는가
이 백지 위 춤은 구원 아니었던가

자꾸 잘아지는 나를 보며
무엇을 먹고 마실까 걱정이라면
저 가녀린 나무를 더 골똘히 보아야 한다

알 수 없는 끝을 향해 가니
본 듯한 이들 얼굴이 스치운다
그대들도 가고 있네

칩거蟄居

나들이 하나 마나
그 바다가 그 바다라네

나들이 하나 마나
그 살이가 그 살이라네

지루한 일상을 벗어난다지만
다녀오면 결국 이 땅

나의 조그만 방은 하늘에 닿아
열려 있느니

오늘도 이리저리 뒤척이며
만물상을 그린다네

그리움이 다가오니

흙먼지 다가오는 속일지라도
사람이 그리워지면
사람이 서성이는 거리로 나가야 하리

생각하는 존재로 태어나서
털어야 할 것이 많지만
그리움이 다가오니 어이 하리

살아 있으려니 그리워함이 햇살처럼 피어오르고
그리워하고 있다 함은 살아 있는 증거이니
그리움의 노래 부르자

살아 보자 끝까지 살아 보자
거기에 보석함같이 그리움의 답이 있으려니
그리움의 돌무덤으로 남으련들 어쩌랴

촛불

모든 욕심은
뿌리를 썩게 한다

가질수록 겸손하고
가질수록 낮아져서

남을 걱정해야 함에도
자기만을 바라본다

욕심으로 찌들어
썩은 머리를 가지고

자기를 희생하며 밝히는
저 촛불에 약하다

중간

가장 어두운 곳에서 별은 눈물 나도록 빛난다
가장 낮은 곳에서 풀잎의 향은 피어오른다

가장 처절한 삶일 때 꿈은 뚜렷해야 한다
삶이 맹목적으로 흐를 때 중심을 잡아야 한다

- 사실 늘 중간으로 살아온 나로서는
가장 어두운 곳과 가장 낮은 곳을 잘 모른다
그래도 내가 가장 염려하는 곳이기에 기도처럼 말한다

새벽부터

새가 울어 새벽을 맞는다
조그만 새들의 합창이
세상을 밝힌다

쑤욱 자란 들풀의 싹
내 혼도 그들처럼 자랐으면
새벽부터 울지는 않았으리

책을 정리하며

곁을 떠난다는 것은
슬픈 일이기는 하지만
새로운 세상과의 만남이다

먼지를 쓰고 나를 노려보던
내 손을 거친 헌책들
기증이 안 되어 오늘 파지가 되나 보다

어차피 떠나면 너는 새로운 세계에 닿고
나 또한 홀가분하게
너를 반추하리라

잠시 소유했던 책들과의 마지막 인사
다 보지도 않은 책!
기억에서 사라진 책!
버리기 아까운 책!
워이 워이 던져 버리고

새로워진 책장에 앉아
이별을 읽는다

한풍寒風

차가운 바람이 인다
바람은 언제부터 불었던가
참으로 용케 견디어 온다

찬바람 막아 주는 이는 드물어서
홀로서 한풍을 맞는다

남풍은 언제 불 것인가
아니 무풍지대에 언제 닿을 것인가

신비의 새벽에 서서
바람 멎을 날을 바라본다

고백

내 삶 나처럼 산 것은 10프로도 못 된다
세상에 휩쓸리어 갖은 먼지 쓰고
씻기도 하고 털기도 하였으나
저 강산에 부응하지 못하고
속세의 하수인처럼 산다

이 땅의 가련한 혼이여
먼저 간 현자의 발꿈치라도 닮아
먹고 마시는 세상 걱정 떨치고
저 바람 좋은 냇가에서
마음을 씻자 피가 나도록

노래 부르리

나의 시구를 남이 모른다 해도
만족스런 노래를 부르자
남이 알아주지 않아도 화를 내지 않으면 또한 군자가 아닌가*
대장부 길은 지금부터 시작이다

내 노래를 남이 부르지 않더라도
내 죽어서도 노래하리라
내 시가 남을 놀래지 못한다면 죽어서도 쉬지 않으리**
대장부 길은 지금부터 시작이다

---

* 논어의 구절
** 두보의 시구

32

구름

구름은 어디서 오나
언제나 바람에 쫓기우지만
하늘 넉넉한 화폭에
제 모양을 그린다

구름과 같은 인생 그러나
우리 모습 그릴 공간은 있는가
비좁기만 한 지상

구름은 구름처럼 살라 한다
우리의 향연은
너무 짧다

세월의 강을 바라보며 1

이제 허랑한 시간을
훨훨 날려 버리고
파아란 젊음의 때를 늘 생각하고

이제 허비의 시간을
활활 태워 버리고
남은 시간을 두 배로 길게 늘이고

이제 거짓의 순간을
말갛게 도려내고
맑게 그대 앞에 설 수 있다면

이제 잘못 간 길을
부시고 부시어
갈 길이 아니면 가지 아니하고

이제 온몸에 때를
불리고 불리어
속살에 피가 흐를 때까지 씻길 수 있다면

지나침도 모자람도 없이
늙어 기도 꿈은 살아야
내일의 강은 흐르겠지

오늘도
무거운 가방을 들고
어둠의 골목을 가면서도

세월의 강을 바라보며 2

시간을 아끼라 청춘을 아끼라 했던
선인들의 말은 귓가에 맴도는데
마냥 흘러간 세월에 한숨만 지어라

오늘이 어제보다 퇴보라면
오늘의 양식糧食은 땅에 묻고
통곡하고 통곡하자

강물은 순리에 맞게 흐르며
곧게 흐르며 물마다 활기 차네
이 내 몸은 점점 사그라지는데

세월의 강에 무너져 가는 나를 보며
다짐 다짐하노니
약하게 살지 말자 강물이시여

환멸

북천北天이 컴컴한 지 한 세기 넘어
내 숨이 멈추기 전에 빛을 모아
환한 하나의 하늘을 보리라

남천南天도 서툴러서
간절한 기도 끝에
내 골방에 조그만 나라를 세우리라

편 가르기 하는
권력의 검은 내 풍기지 않는
꽃나무를 키우리라

비극의 역사 상기하며
조그만 초석礎石을 세워
만고에 빛나는 꽃이 되게 하리라

걸레

걸레는 빨아도 걸레다 그러나
걸레를 삶고 삶으면 행주가 되기도 한다

누가 걸레 되기 원하랴만
우리가 더러운 곳을 씻으려면
걸레가 되어야 하지 않으랴

말만이 무성한 사회 속에서
걸레처럼 천대 받아도
정결을 위해 제 몸을 바친다

걸레는 빨아도 걸레라지만
행주 되길 비네

다시, 사랑

사랑은 만남의 길이가 아니라 깊이여서
오늘도 샘을 판다

사랑의 샘물은 잘 솟지 않아
맑은 물을 보기까지 애태운다

사랑 찾아 평생을 가다
굶어 죽을지 몰라도

사랑은 목숨 줄을 이어가는
영원의 샘이다

화계사 사거리에서

뒷산 북한산 빛은 곱고
오롯한 절과 신학교
사이좋은데

거리는 상가商街로 빼곡하여
그 옛날 과수원 하나 없고
정든 오솔길도 사라지고
매연만 피어오른다

우리가 온 길은
퇴보다 겉만 번지르르한
이 황량한 거리에
재빠른 자동차만이 살아 있네

종교는 무얼 하나

그리움

님 보고 외롭다 하니
님은 사람은 다 외로운 거라 하네

둘이 의지하면 외롭지 않아라 하니
님은 말이 없네

사랑도 딴 몸이라
하나일 수 없고

나의 마음속 다독이는
손길은 차가워

님의 음성 기다리며
홀로 서네

뿌리

꽃보다 아름다운
그 뿌리에 찬사를 보낸다

세상 밑거름 되어
흙에 싸여 곱거니

사나운 바람이 드세어도
뿌리는 흔들리지 않고

땅의 이슬을
힘차게 빨아 생명을 키우니

가장 낮은 데에서
행복함을 느끼는 선비

음지에서

바람결에 묻어 온 햇살로 사나
그늘에 선 나무
잎이 푸르다

음지에 사는 사람들
햇살 묻은 바람 불어
생기 피어오르나

싹이 있는 곳에 바람 불어
어두운 골짜기에서도
하늘을 본다

공평한 하늘과 빛을
사랑하여
이 땅에 선다

살아가기

어느 길목에 이르렀는가
나는 칠흑 속을 헤매이며
알 수 없는 내일을 더듬는다
나는 존재의 밑둥이라도 만지며
오늘 식사를 하는가

돌아간 어머니 다시 오지 않는데
이 땅에 차가운 비석을 세울 것인가
아무것도 보이지 않는 오늘은
무슨 일을 하는가

추억은 아름다워 나의 추악함을 덮는데
길게 이어져 온 나의 사람살이
너무 허술해
어느 길목에 이르렀는가

단상

죽은 사람만 억울해?
이 좋은 세상?

제 명으로 간걸
가 보지 않은 세상으로 간걸

쇠똥 밭에 굴러도 이승 땅?
험한 세상 이승 밖에 대기 중?

우리는 현실 중심에서
저 미지의 세계를 찾지 않는다

영혼이 메마른 이들이
사상누각에서 호의호식하네. 세상 참!

가을 산

단풍은 상록수를 피해
산에 수를 놓는다

저 화폭 같은 조화
내 가슴에 새기는데

아름다움을 맞이해도
거둬들일 것 없는 나여,

이 풍요로운 때
가을걷이로 뛰지도 못하니

가을 산이 웃는다

가리

가을밤 찬바람이 분다
머지않아 겨울이 다가오고
겨울은 봄을 부르겠으나

내 여정은
찬바람에 휩싸여
돌아오지 않는 겨울 속으로 가리

누가 부활을 말하는가
누가 천국을 말하는가
누가 사과나무를 심는다 하나

이 땅에서 사라진 뒤를 모르듯이
명리名利는 지상의 것
암흑의 세계로 가리

타파

우리에겐 진실과 진리뿐!

피가 물보다 진하다 말고
맹물 그 순수를 잣대로 하자

같은 학교 다녔다고 뭉칠 일 아니니
친근으로 옥석을 가리지 말고

함께 오래한 고향 좋다고
시비를 없이 마라

저 오롯한 남매 외엔
믿을 것이 없어라

낮은 자리

풀잎에 깊이 누울 때 풀 향이 난다
그리고 하늘이 보인다
시간이 멈추었으면 한다
가진 것 없이 가장 편한 때이니

혼자

더불어 살 때도 있다지만
결국 혼자다

느티나무 곁을 걸어올 때도
혼자고

병석에 있을 때도
혼자고

더불어 살 때는 잠시
결국 혼자다

혼자라서 더불어 살기 원하지만
결국 혼자이니

살아 있는 마지막 순간까지
혼자래도 즐거이 노래 부르라

슬픔에 대하여

이슬처럼 말간 숨결을 원해도
나의 숨은 먼지 더덕이네

씻으려 해도 씻으려 해도
가슴은 그늘에 남아

햇살이 고운 아침에
사라지는 이슬을 바라보며

나의 촉촉한 눈망울은
어느 새날 양지에 서려나

백담사에서

백담사에는 더러운 내음이 배어 있다
핏빛 물든 탈취의 유배지

색즉시공이어서 날아갔나
잊기 익숙한
인파는 청정을 보는갑다

시냇가 쌓은 돌이 무너지고 있다
사람은 웅성대고

인생 고개

산 넘고 산 넘어 쉬었다 가네
즐거운 소풍이기엔 굴곡이 심했네
모든 애증을 뒤로하고 무지랭이로 살다
산 넘고 물 건너 쉬었다 가네
서쪽 하늘에 겨울새 넘어가네

상가喪家에서

목련이 질 때면
상갓집 무명 저고리에
때가 묻는다
흐느낌은 사람의 것
목련은 뚝뚝 제 갈 길을 간다

새벽

새벽은 미인
해맑은 얼굴로 한적한 거리에
미소를 뿌린다
매일 뿌린다 새벽의 주인에게

그래도 가라

하루가 급행으로
달려가는데
나는 완행으로 터덜댄다

이정표도 없이
내 심지心志로 가야 하는
삭막한 흙먼지 길
그래도 갈 때까지 가라
불균형의 나날이라도

알 수 없는 목적지를 향해
주위를 살피며 천천히 가라

창경궁 회상

일제가 조선을 말살하려고 궁궐을
동물원으로 놀이터로 벚꽃 동산으로 만들어
조선 얼 뺏으려 했다

어리석은 민족, 해방이 되어서도 한동안
동물원으로 놀이터로 벚꽃 동산으로 이어가니
한국 얼을 세우지 못했다

그러다가 궁으로 복원하여
경건함을 되찾았던가
나라의 소중함을 일깨웠던가

창경궁은 오늘도
쓰라린 생채기 안고
높은 처마 끝에서 나래를 펴려나

병상에서

수술로 심장 수술로
목숨 이으네

이 끝이 어디기에
숨을 쉬는가

전신마취에
아무 생각이 나지 않았다

천국은 있는 것일까
하나님의 형상도 음성도 들리지 않았기에

나의 목숨이 홰치는 끝에
무엇이 달려 있을까

퇴원 후엔
확실한 것만 믿기로 했다

명동서숙
– 봉화 법전에서

구한말 꺼져 가던 조국에
저 하늘빛이 서리어서
깊은 산골 작은 학교 등불을 밝히어
구국의 커다란 불꽃을 지피었으니,
이름하여 명동서숙!

하나님과 동행하여
교회 종소리 퍼지면
일제의 억압에도 향학은 높아가고
독립운동의 얼이 숨 쉬는 곳
명동서숙!

진리는 세월을 넘어 살아 있으니
흙먼지 이는 세상에 소금이 되어
살아 있는 전설로 남아
산골을 울려 퍼져 만주 벌판에도
꽃을 피리니 명동서숙!

놀이

아픔이 빼곡히 쌓인 세상에
놀이는 무엇일까

망각의 굴을 걷는 걸까
현재에 닻을 내린 것일까
내일을 위한 몸짓일까

온갖 놀이에 허덕이는 이도 많고
즐거워하는 이도 많다

세상사 모두가 놀이
누가 진정 즐기며
아름답게 보내느냐가 문제이리

계곡에서

계곡의 세찬 물소리에는
산속 깊은 목소리가 담겨 있어

세상 시끄러움에도
고운 향 들리는데

험하고 힘든 살이에서
우리는 겉으로만 도니

내 몸 깊은 곳에서 나오는
음성을 들으라

매작도梅鵲圖

매화 송이 가득 핀 가지에
참새 한 마리 우짖고 있네

세상의 온갖 때
매화 향에 깨달아

시비를 모르는 자의 무지
질타하는 참새의 외침이런가

그림은 살아 있어
참새 소리 요란하다

길

비가 오면 비와 친구가 되고
눈이 오면 눈과 친구가 된다

어이 황량한 들판이 있으리
천지에 친구니 외로움 떨치고

따스한 강가에서
내일을 노래 부르며

만사를 즐거이 보라
짧은 길 아니런가

산에서

산은 새파란 하늘에 기대어
흰 구름과 이야기하고

나무는 나무와 더불어 어깨동무하며
함께 노래한다

산의 그윽한 향은
나의 가슴에 파고드는데

어찌 우리는
저 산과 달리 창을 닫나

새날

신비의 커튼을 들어 올리는
새벽
나는 천천히 눈을 뜬다

바뀐 거 없는 방구석
그대로 살아 있는 몸
눈곱만 한 혼만이 어리둥절한다

새벽의 경이!
새날 풍경은 그대로지만
그 살갗이 다르다

내 끝 닿는 날 새벽은

무슨 말을 속삭이려나
오늘도 기도하며 눈을 감는다

여정 旅程

산 넘어 산
물 건너 물
길 떠나려 하면 막히는 고비들
그래도 가야만 한다면
쉬엄쉬엄 오늘을 노래하자

오늘 가는 길이 고되어도
수많은 벽이 있어도
살아 숨 쉬는 이 순간을 어이하나
한줄기 차가운 바람이 불어온다
오늘을 노래하자

산 넘어 산
물 건너 물
길 떠나려 하면 무거운 등짐
그래도 지고 가야 한다면
서두르지 말고 오늘을 노래하자

소문의 바람

젊어서 광기狂氣는 바람에 스치어
이내 촉촉한 재가 되었네

사람은 날이 갈수록 옳게 달라져야 하고
거듭나야 하는 것!

지난날을 오늘 저녁에도 깊은 무덤에
잠재우네

나를 가장 괴롭히는 건 나의 허물
과거를 물어도 좋으나 지금은 다르다는 것을

그대는 아는가
젊어서 솟는 피 재가 되었네

새날에 밑거름이 되어 있음을
바람에 새기네 친구여

갯바위

이름 모를 해변에 갯바위
밀려오는 파도를 맞으며
긴 세월을 넘어서
고해苦海를 헤쳐 간다

파도는 알리라
그 억세고 견고함에 대하여

우리 모두 가슴을 내놓고
흙먼지 바람을 대하듯이
갯바위는 온몸을 적시고
꿋꿋하게 살아간다

갯바위 옆에서
내 인생은 어느 바닷가에 닿아 있으려나

새벽 강

강은 잠을 자지 않는다
오랜 세기 동안
안개 빛 물 향을 내며

그렇게 흐르며 우리를 지켜본다
오랜 세월 동안
사람에게 물길짓을 하며

강은 우리네 가슴을 파고들며
새벽을 여는데
우리는 무엇을 하고 있나

깨지 못한 이들이 판치는
흙먼지 바람에
새벽 강은 울고 있다

섭리

오늘도 크낙한 운항에
조그만 몸을 맡긴다

내 뜻대로 가지 않고
보다 신령한 세상의 노로 저어 간다

새 아침마다 신비로움을 느끼며
조용히 눈을 감는다

그리하여 험한 세상 거칠게 지나더라도
거기에 큰 뜻이 있음을

오늘

지나온 나날 오점투성이
오늘 지우려 해도 지워지지 않네
하늘을 우러르고 땅에 굽어도
부끄러움만 남아
씻을 수 없는 고통에 산다
오늘은 과거로 가는 것
오늘은 이슬처럼 깨끗하게 살다 가라고
맹세하면서
설치는 잠에서 깨어
내일을 바라본다

말

숲에 바람이 일면
숲은 말을 한다

그 넉넉한 말은
사람의 소리를 부끄럽게 한다

말하는 유일한 짐승이
숲과 바람의 음성에 입 다문다

오늘도 숲은 말을 한다
사람답게 살면서 말을 하라고

북한 일구

멀지 않았다 동토에도 햇볕 들 날이
썩은 동상은 무너져 내리고
낡은 사상은 깨지고 말 것이니
북한 동포가 지옥 속의 사슬을 끊고
참사람으로 거듭날 날이 머지않았다

비

비가 온다. 오는 비는 올지라도
오래도록 내 가슴에 내리는 비는 그쳐 다오

비는 온몸을 적신다
그 애수의 옷자락을 만지면서

언제나 해맑은 세상에 서려나
언제나 맑게 개인 하늘을 보려나

비가 온다. 오는 비는 올지라도
오래도록 내 가슴에 내리는 비는 그쳐 다오

시작

글 쓰는 일이 신이 났으면 한다
꽃이 피어오르듯이 향내를 내면서

나의 시들은 시들어 있다
물이 필요한데 물은 어디서 오는 걸까

꽃보다 못한 시를 지어야 하나
그 고통의 날들

쉽게 쓰이지 않는 시구는
멀리 구름에 떠 있네

북한산에서

새 움이 트기까지 뿌리는 어떠했으랴
저 보이지 않는 밑둥의 몸부림을
보아야 한다 우리는

바위산 틈새에 살아 있는 어린 소나무
우리의 잃어버린 것을 생각하게 한다
배부른 시대에 찾아야 할 정신 같은 것

물은 맑아 버들치 유유히 놀며
우리 구정물 쏟는 소리 아랑곳 않고
깨끗한 세계 속에 있다

산수山水에 배워야 하는 사람들
조그마한 몸으로
산을 정복했다 자만 말지니

산자락에 털썩 주저앉아
산수에 기도하고 닮자고 다짐한다
그 넉넉한 자태를

결의

더불어 사는 삶을 체득하기까지 긴 시간이 필요했다
나눔도 모르고 사랑만을 그리워했다
이 지상의 수상한 짓거리에
눈감고 지내 왔으나
이제는 붉은 먼지 날리는
험한 거리를 못 본 척 못하겠느니!
인간은 사고思考의 동물,
나의 전신은 진화해야 한다

가르치고 배움에 부족하여
먼 길을 떠난다. 더불어 살고
나누며 살고
진실한 사랑을 찾아서
남은 목숨을 던져야겠다

사람

사람은 하나님을 닮았단다
근데 제멋대로 산다
하나님의 큰 은혜를 잊고
제 맘대로 산다

사랑도 모르면서 사랑을 팔고
배불러도 배부른지 모르는
가련한 혼들
회개의 밭으로 갈지니

어디에 서 있는가

가슴이 따스한 이에게도 외로움이 있다
기도 뒤에 다가오는 허무함이 있다
이기에 가득 찬 동무도 있고
뜨거운 가슴 주고 싶은 헐벗은 이들도 많다
내가 있음에 온갖 것이 존재하고 있음에
나는 또 묻노니, 나는 어디에 서 있는가고

의문 1

강물은 바다로 가고
우리네는 흙으로 간다
바다는 무엇인가 흙은 무엇인가

이 세월 흐르고 흘러
하늘에 닿으면 풀릴거나

오늘 쌓인 피로를 어두운 골방에 풀어놓는다

2
여정의 뒤안길

십자가가 부끄럽다
– 어느 교시 탑을 상기하며

네 이웃을 진정 사랑하느냐
대답이 없다

네 이웃을 사랑하느냐
대답이 없다

이 세상은 이기의 전쟁터여서
네 이웃을 내 몸같이 사랑하는 이
찾기 힘드니

십자가가 부끄럽다

동무여

그리 많던 동무들이 흩어지고
호올로 선 듯 나이만 들어가는데
새로운 동무는 만나기 힘드네

우리네 만남은 마음에서 피어오르는 것
홀로 선 자리에 그리움이 싹트니

동무여 열린 마음과 마음으로 만나세
동무여 달려가느니 마냥 기다리느니

의미

이 세상에 객客으로 왔다 갈 양이면
젊음이 아쉬워
세월만 물끄러미 바라본다

젊어서의 부실인가
이 살이가 다 그런가
주인도 못 만나고 떠나가야 하나

이 살이가 지리하다면
저 산에 할 말이 없다
저 하늘에 할 말이 없다

그저 그대로 지내야 한다면
그리고 즐거운 나그네의 잔치가 아니라면
그냥 돌아갈 수 없는 나날들

이 마음의 창을 닦으면
보일거나 이 살이의 큰 뜻을
눈을 차분히 감으니 어둠뿐
내일만 다가오다 아

저 너머 보기

사람답게 살기란 얼마나 어려운가
풀은 파랗게 자라서 누가 짓밟든 말든 살아 숨 쉬고
저 푸른 하늘에 새는 날고픈 대로 날아서
그리고 이 깊은 땅과 흙
저 높은 하늘 그 너머의
위대함과 자유에 비하여
우리의 삶은 얼마나 어려운가

돈 앞에 약하여 못할 짓 하고
권력 앞에 무릎 꿇고 못할 짓 하고
여자 앞에 약하여 못할 짓 하고
게으르기 좋아하여 못할 짓 하고
우리의 삶은 얼마나 고단한가

그래도 이렇게 힘주어 시를 쓰는 것은
그 너머를 보는 일이다

어느 초당에서

일상이 지겹다고 죽음을 생각지 말아라
목숨의 끝은 우리 몫이 아니니
저 나무숲이 사계四季를 늘 반복하여도
조금씩 변하는 순간들에 춤, 춤을 보아라

일상이 지겹다고 재미를 찾지 말아라
기쁨 뒤에는 고통이 따르기 마련이노니
저 나무숲이 사계를 늘 반복하여도
살랑이는 바람의 속도에 즐거워함을 알아라

일상이 지겹다고 술을 찾지 말아라
환상이 순간이고 보면
헛된 데에 몸을 허비하지 않고
올곧은 도道를 생각하고 행하여라

시작詩作을 돌아보며

시작을 돌아보며

생채기들로 감싸 올린 나무 등걸
꽃피울 수 있으랴

생채기 아물어 제 살이 나올 때
허물을 벗으며 꽃도 피고 열매도 맺으려니

하루가 소리도 없이 간다
꽃필 새도 없이 시간은 흐르기만 하고

끝 날을 기다리며
시작을 돌아보니

꽃을 보기까지 긴 한숨이 나온다

꽃잎처럼

그대 맺힌 순간에서
떨어질 시간을 모르듯이
내 쓰러질 시간을 모르네

내 고단한 몸이여
바라는 바가 무언가

차라리
하늘나라에서 만날 이 많으니
꽃잎처럼 지고 싶지 않느뇨

자유인自由人의 혼魂이여, 영원하라
- 모교 40주년에

백운대 정기 받아 자라 온 지 어언 40성상星霜
이루지 못한 일이 없는 자유인의 터전에
땅과 하늘이 하나 되어 축복하네
자유인의 혼이여, 영원하라

굳건한 반석 위에 건립되어
두려움 없고 거침없이 강건하나니
이 땅의 선구자 될 기운을 얻었다네
자유인의 혼이여, 영원하라

신일동산에서 숨 쉬던 지혜와 우정이
저 동터 오는 햇살을 맞이하듯이
새롭게 살아서 어두운 곳에 등불을 밝혀 주리
자유인의 혼이여, 영원하라

믿음으로 일하는 자유인을 가슴 깊이 간직하고
오늘도 내일도 변치 않는
진리의 성城을 쌓으며 살으리니
자유인의 혼이여, 영원하라

자랑스런 모교에서 배운 대로 행하여
각계 곳곳에서 제 몫을 다하여서
찬연히 빛나고 빛나리니
자유인의 혼이여, 영원하라

자유인은 해맑던 시절의 가슴으로 살아
험한 세상을 헤치며
불의에 분연히 일어서는 기상이 있으리니
자유인의 혼이여, 영원하라

어려웠던 시대에도 그 신념 높이 쳐들어
진지한 수련修鍊의 터전 위에
민주화의 불꽃을 지피었음을 상기하라
자유인의 혼이여, 영원하라

그리하여 자유인에게 어떠한 시련이 불어와도
꿋꿋이 이겨 낼 의지로 가득 차서
굳건히 지켜 나갈 것이려니
자유인의 혼이여, 영원하라

모교의 숲이 깊이 우거지듯이
자유인의 혼도 더욱 성숙되어
이 나라 이 세계의 주역으로 서게 하라
자유인의 혼이여, 영원하라

신일인이여 현재에 머무르지 말며
보다 정진精進하고 정진하여
빛나는 새날을 맞으라
자유인의 혼이여, 영원하라

우리 모두가 해야 할 일이 펼쳐져 있으니
모교가 준 이상을 다시 살려
최선의 정성으로 밝은 빛을 손에 품자
자유인의 혼이여, 영원하라

자유인의 혼이여, 영원하라
억천만 해 휘날릴 사랑으로
보다 큰 숲으로 뒤덮일 날을 기리며
자유인의 혼이여, 영원하라

북한산 자락을 오르며

먼 길로 돌아갑니다
이 살이도 쉬운 일을 그리 삽니다
산자락을 오르다 보면 잘들 아시겠지만
오르막이 있으면 내리막이 있고
땀이 나면 시원한 바람이 있습니다
이 살이도 그렇습니다
그런데 늘 오르막도 없고 내리막도 없는 듯한
나의 삶을 생각하며 산을 오릅니다
먼 길로 가니 힘이 듭니다
그런데 나의 삶은 땀이 없이 거저 가나 봅니다
하루가 힘들어도 뒤돌아 바라보면
지나온 길을 어떻게 왔는지 모르게 그렇게 쉽습니다
먼 길로 돌아갑니다
이 살이가 먼 길로 돌아갑니다

유럽 기행 1

역사가 살아 숨 쉬는 도시들이여
역사를 보러 사람들이 모여든다
파리 세느강만 하더라도 그렇다
좁은 물가에 깨끗지도 못한 물에
유람선이 줄을 잇는다
강을 따라 역사를 간직한
사적이 열병식 하듯 서 있고
그걸 보려고 찍으려고 야단이다
갑자기 한강이 떠오른다
그 좋은 강가에 유적은 몇이나 되며
외래 관람객은 몇 명인가고
역사가 살아 있는 땅이어야 한다
그래야 선진국이다
한강 주변엔 현대식 건물만이 그득하고
오천 년 역사는 어디로 갔느냐
유럽 전역이 전쟁의 상흔 속에서도
그만 한 역사를 지켜 온
보존의 힘이 우리에겐 없다!
만들고 부수기의 연속,
런던을 보라, 파리, 하이델베르그,

밀라노, 로마, 제네바를 보라!

그들의 생활양식이 살아 숨 쉬다

전통이 살아나는 거리

역사를 사랑하는 사람들

거리의 돌 하나하나에 정성이 들어가 있고

숱한 사연이 담겨져 있는 돌담

거대한 박물관에서 마파람에 게 눈 감추듯

지나갔지만

볼거리가 지천이다

우리는 상처만을 안고

역사를 잃어버릴 것인가

산사山寺의 풍경 소리는 세계적인데

보잘것없는 로렐라이 언덕만을

부르며 찾을 것인가

고색창연한 건물들

자기를 소중히 하는 마음속에서

환희와 여유가 싹튼다

오 우리에게도 그러한

즐거운 날이 올 것인가

10박泊을 하며 꿈에서 그린

나의 자그마한 애국이다
아니 그곳에서 애국심을 배운다

여정

저 한강이 각고의 세월을 서로를 의지하면서 흐르듯이
이 땅이 늘 괴롭기만 한 것은 아니리
그러나 또 오늘을 파고드는 우수憂愁
― 산다는 괴로움이 몰려들면
나는 무엇을 하나

무료하고 힘든 나날들, 아침이 두려운 날들이 다가오면
끝 날만을 향해 가는 동물처럼 산다

사랑들이 서슬이 퍼렇게 살아 있는데
그런 생각에 잠기는 것은 불길不吉이다
그러나 깊은 회의 없이
맑고 깊은 강물이 흐르는 모습을 보라

저 한강이 무수한 세월을 아무 탈 없이 흐르듯이
이 땅이 늘 괴롭기만 한 것은 아니리
다만, 깊은 수렁에 빠져 허우적거리는 것이
깊은 잠에서 헤매이는 것도
찬란한 태양 아래 필 꽃송이 아니랴

유배

유배에서 풀릴 날이 멀지 않으니
붉은 먼지 똑바로 알고 살자
고뇌와 고생은 유배지에 있는 샘물
깊은 샘물을 마시라
유배에서 풀릴 날이 멀지 않으니

어머니의 초상화

어머니의 초상화에는
따스한 손길이 있어
다 못한 효를 감싸 주는 사랑이 있다
사랑이 스며 있기에
그리움의 깊은 강이 흐른다
붉은 먼지에 뒹굴고 깨끗이 씻는 강,
고뇌를 녹여 주는 강,
그 가운데에 어머니께서 계시다
어머니의 초상화에는
울음을 웃음으로 바뀌게 하는 신비가 숨겨 있어
향그러운 안식이 있다
영원한 안식이기에
지나온 어머니와의 추억의 나무가 자라고 있다
바르게 자라는 나무,
세파에 주저앉지 않는 나무,
그 속에 어머니께서 계시다

쓸쓸히 가도 되리

쓸쓸히 가도 되리
사랑과 이별의 넝쿨 속에서
살아온 날 아름다움과 부끄러움 사이에서
온갖 후회를 갖고

세상 미련 없이 떠날 때
즐거움만 기쁨만 생각하면서
다 못한 사랑을 위하여
쓸쓸히 가도 되리

쓸쓸히 가도 되리
살 만큼 살고 해볼 만큼 했으니
까짓 벼슬 없어도
의연히 살다가

바람이 있다면
공평한 세상을 보지 못했으니
평등의 바다를 기원하며
쓸쓸히 가도 되리

이 숨이 다하는 날까지

다람쥐 쳇바퀴 도는 삶이라고 되뇌이고도
오늘도 그렇게 살아간다
어찌할 수 없는 길이라면
정념精念의 혼으로 가자
이 숨이 다하는 날까지

의문

온갖 의문을 한강에 풀어놓는다
풀리지 않아 한참이나 서성이는데
한가로이 낚시하는 허름한 이의 모습에서
의문의 단서를 찾아본다
아니 뙤약볕에서 땀 흘리며
생활하는 노동자에게서
실마리를 헤아린다

온갖 의문들이 한강에 넘실거린다
죽는 날까지 풀릴 것 같지 않아
모든 잡념을 한강에 버리지만,
시간은 흘러도 의문은 잦아들지 않고
온갖 의문을 짊어진 채
또 오늘 밤을 맞을 것이다

이 살이 다하는 날 풀릴 것인가
이 삶이 살만 한 사랑의 터전이었다고
이 살이 다하는 날 회한의 말을 남길 것인가
의문을 짊어진 채 나그네처럼 아침을 맞자
지나온 살이를 보면 의문의 닻이 보이니

오늘의 살이에 영원의 씨를 뿌리자

어느 날 한강漢江가에서

강바람에 오일 펜스가 춤을 춘다
난지도는 쓰레기 산에서 생명이 나와 살아가나
강가 오염은 멈추질 않는다

누군가에 의해 기름이 안양천 지천을 흐르고
한강은 그것을 삼킬 것이다
그리고 서해로 가서 토하고 그리고

언젠가는 우리에게로 돌아올 것이다.
난지도가 진짜 땅이 되려면 50년이 걸릴 것이라는데
한강은 언제 온전해질 것인가

우리 사람의 문제가 한강 바람에 날리고 있다
오염도 또 그 향유享有도 우리 손 안에서
춤을 춘다

계곡에서

여기 계곡에 있으면
서늘한 바람이 찾아오고
천년 바위가 친구가 된다

나무 그늘 아래로 물이 흐르고
거기에 발을 담그면 더위는 사그라진다

너럭바위에 누워
물과 하나가 되고
몸은 이 자연의 일부 되어
먹지 않아도 배부르고
시간 가는 줄 모르나

나의 정신은 어디서 무엇을 하나

인생 의문

문히면 그만인데
오랜 세월 격식格式이 따르고
웬 사연과 아귀다툼이 많더냐

생명과 흙 사이를 헤매며
무엇을 찾아 하루를 보내고
내일을 맞을 것이냐

문히면 그만인데
세상사 애태우다
떠나갈 거냐

생명과 흙 사이를 헤매며
흙먼지 씌워 가며
오욕汚辱의 덫을 쓰고 갈 거냐

문히면 그만인데
이 살이 애증에 물들어
웬 사연과 아귀다툼이 많더냐

106

나비와 인연

저만치서 바라만 볼 뿐
너는 나에게 오지 않고
내가 가아만 만날 수 있다

인연은 내가 다가서야 하고
누군가 내게 다가와야 하는 것

나비의 춤은 시야에 머문다
그것만으로도 족할 수 있다
다가서서 어울림이 곤할 수 있기에

그러나 인연은 내 맘대로 되는 것이 아니니
즐거움과 곤함을 논할 수 있으랴

반성

아무리 빛나는 시를 쓴데도
저 조그마한 들꽃보다 못하고
저 파릇한 신록의 숨결보다 못하니
시인은 무언가

시는 생명을 꿈꾸지만
쓸 데 없는 손에 묶여
도공이 빚은 항아리만 못하고
어시장의 회만도 못하구나

언어는 죽어서 빛이 없으니 어찌 어둠을 밝히리오
언어는 멋만 살아서 거죽만 보이고
언어는 그 강한 힘을 잃었으니

시인이여 언어가 살아 있는 시에
정념의 혼을 모아
시인이여 죽을 각오로 시를 쓰라

4월의 기도

객기를 아무데서나 부려 본다
남들은 객기로 보지 않으나
분명 객기다

나는 분명히 살고 싶다
하나님의 선을 벗어나고 싶지 않다

객기를 용서하시는 하나님이시여
모두를 아시는 하나님 용서하시고
길다운 길로 이끄소서

이 살이가 객기에 젖어도
마음 사려 주시는 그 밝은 마음
헤아립니다

미안하구나

어젯날처럼 열정적으로
강의도 못하고
아름다운 이야기도
지나간 즐거운 이야기도
우리들의 이야기도
제대로 못해서 미안하구나

얘들아 미안하구나
수업이
나의 20%도 못 되고
그러나 오늘이 마지막은 아니란다
너희들은 소중한 제자요
후배 그리고 형제이니
내 어찌 몸을 아끼리오

그러나 올해는 얘들아 미안하구나
몸이 말을 못 알아듣는구나
웃음이 그냥 지나고
즐거움이 그냥 지나고

열심히 강의할 때가
희열에 넘칠 때인데
올해는 한 번도 이런 적이 없어
미안하구나
한 일이 없구나
가르친 게 없구나

시와 밥

밥 없이는 살아도
나는 시 없이는 못 산다

굶어 죽어도
종이와 펜만 다오

너와 나 사이의 벽이
벽이 살아 있어도

시는 벽이 없느니
시는 벽이 없느니

내가 죽어도
시는 죽지 않느니

세월이 갈수록

기쁨이 줄고 흥이 줄고
텅 빈 가슴이 나동이는데
그래도 세월이 갈수록
주위를 위해 살아야 한다
세월이 갈수록
끝이 보이니 이 삶의 끝이 보이니

새해 기도

새해 초라서기보다 매일 바라옵나니

늘 활력이 넘치는 건강을 주시고
하는 일마다 즐겁고 기쁘게 하시며

삶이 힘들수록 강한 의욕을 주시고
긴 숲길을 걷게 하시어 그 숨결을 느끼게 하시며

소외된 이들에게 시선을 떼지 않게 하시고
늘 가난한 자의 편에서 사물을 보게 하시며

사랑을 가슴 깊이 묻고 실천할 수 있게 하시고
증오의 길을 가지 않게 하시며

하루하루 새로운 샘을 만나 눈을 씻게 하시고
그리하여 놀라운 하루가 되게 하시며

우리의 짐이 무겁다 할지라도 기꺼이 감당하게 하시고
우리의 짐이 누군가의 짐을 덜게 하시며

다만 이 삶이 기쁨임을 깨닫게 하시고
뜻있는 하루 보내게 하소서

구름의 향연

하얀 뭉게구름이 빌딩처럼 피어 있다
머지않아 하늘의 향연은 파할 터인데
나도 저 구름처럼 살다 가나

차

차는 달리는 총알
나는 때론 화약처럼
때론 문명의 꼭두각시처럼 사는구나

빨라진 만큼 아픔은 커 가고
정직한 기계에 다가서는 여린 몸
달리는 신비함에 눈을 크게 뜨지만

총기 사고처럼 고통은 지금도 있다
죽음의 애석함을 가슴에 담고
오늘도 너를 끈다

차는 달리는 총알
남을 해치지 않게 조심스레
차를 끌자 문명의 노예를 넘어

허무의 언덕

언덕을 넘어도 허무라면
허무의 판에 부를 노래를 찾으라

'헛되고 헛되니 모든 것이 헛되도다'
살아 있는 한 외치는 구호

언덕을 넘어도 허무라면
허무의 판에 진실과 진리를 찾으라

침묵 뒤

한 달의 방학을 대부분
침묵으로 보내면서
새닐을 기도하였나

침묵에는 세 끼 해결이 어려웠고
날씨가 무더워 책 보기도 힘들어
시간이 무섭기도 했는데
새날을 기도하였다

긴 휴식 끝에는
늘 있어 온 일을 다 하는
외로운 설레임이 살고

긴 침묵 뒤에는
눈부신 외로움에 닿도록
새날이여 오라

살날이 길지 않는데

헛됨을 몸으로 아노니
살아 있는 날 어이할거나

때론 지루하게 때론 정신없이
하루를 보내면서
주위를 살피다 보면
악착같이 살아야 하는 현실과의
평행선

헛됨을 몸으로 아노니
살아 있는 날 어이할거나

숨이 멈추는 날까지
무기력함에 빠질 수 없어
나를 세우고 아픈 몸을 세우고
이웃에 따스한 시선으로
다가설 수밖에

헛됨을 몸으로 아노니
살아 있는 날 어이할거나

살날이 길지 않는데
어떻게 조화롭게 살고
풀리지 않는 문제를 확인하고
이 세상을 값지게 마무리할 준비를 하나
살날이 길지 않는데

홀로 서 있다

홀로 서 있다
주위에 서성이는 이들이 있어도
홀로 서 있다

홀로 서 있음은
존재의 멍에처럼 다가오고
홀로 서 있음에
익숙해지면
모두에게 지고 사느니

홀로 서 가는 길
무수히 져도
그래도 일어서는 길

홀로 서 있음은
넓은 숲길을 향해 가는
그윽한 행보行步로
결코 가야만 하는 길이기에

오늘도

홀로 서서

하늘의 미소를 바라본다

가르치는 일이 고달파지면

가르치는 일이 고달파지면
산을 보자
아름드리나무를 보자
모자람 없이 숱한 가지와 잎사귀 펄럭이는데
외로운 시간에 서나

고달파함은
저 가지치기와 무성한 잎을 잊고
수양修養의 길을 포기하는 것

삶이 고달파지면
산을 닮자
저 풍성한 삶을 다시 배우자

가르치는 일이 끝에 이른다 하면
사는 일이 없는 것이니

수업이 안 될 때

수업이 안 될 때
인생 이야기로 메꾸어 왔는데
요즈음 자습을 시킨다

인생이 아직 덜 여물었는데
재미가 무어던가
참살이를 속삭이자

수업이 무엇이던가
가르치고 배우고,
생각의 힘을 키우는 것

국어 수업이 잡과여서
세상일이 모두 들어와 앉았으니
세상 유익한 일을 말하자

수업으로 숲처럼 자라게 하자
수업이 안 될 때에도
그러한 가르침을 찾자

불면不眠

끝이 보이는데
그곳에 이르는 시간에 헤매고 있다

의식주와 명예에 매달려
불면의 밤을 보내고 있으니

끝이 보이는데
나만 보고 있으니
불면의 어리석은 뒤척임

화청지華清池의 사랑 단상

사랑이 존재했던 것이면 족하다
거기에 부귀와 몰락이 무어냐

사랑은 귀한 보석과 같아 아무에게 주어질 수 없는 것
사랑에 진실로 취함은 추함이 없는 것

사랑의 화살에 맞아 죽어도 여한은 없는 것
사랑은 아무에게나 주어지지 않는다

시인 구상 선생님을 추모함

시와 인격이 하나 되신
시대의 귀감 되시어
가시는 길 환한 꽃길님이시여
슬픔을 주시기보다 표상으로 남습니다
영원히 살아 계시리니
온 땅에 시탑詩塔을 세우셨습니다
몸은 사라지어도 살아 있는 시 정신을 보이시고
시의 보고寶庫를 지으셨으니
가시는 길이 눈물만 앞서지 않습니다
모과 옹두리처럼 이 땅의 아픈 곳을 짚으시고
당신 몸보다 이 땅의 정의와 평화를 기원하셨습니다
님이시여 천국에 가셔서도 이 땅을 굽어 살피소서

님께서는 역동하는
역사의 소용돌이 속에서 시혼詩魂을 잃지 않으시어
이념의 대립 속에서 민주와 자유를 찾으셨고
일찍이 6·25 동란의 압권 〈초토의 시〉를 쓰셨으며
이승만 독재에 맞서 붓의 힘을 보이셨으며
친구의 독재 유혹을 멀리 떠나시고 침묵으로 일침一針하셨나니

님께서 섭렵하신 세계 넓고 넓어
산맥을 이루고 그 깊이를 더하셨으니
영원 속의 오늘을 찾으셨고
잃어버린 영혼을 구원하려 하셨습니다
홀로의 존재를 탐구하시며 더불어 사는 지혜를 말씀하시고
깊이 있는 존재의 천착에 심혈을 기울이시며
세상 비리와 부조리에 질타도 하셨습니다

님이시여, 말씀하신 구구절절이 이 땅의 샘물 같사오니
살아 있는 이들이 님의 시구를 실천하여
천국에서 보시기에 합당한 곳으로 하겠사오니
가시는 길 축복 속에서
영면하소서

귀향

사람이 사람의 고향으로 왔다
애절하게 왔다

무엇이 반기지 않으료
몇 푼 잊으면 될 것을
귀향을 쌍 손으로 맞지 않으료

사람이 사람의 마을로 왔다
부도를 내고 고생의 언덕길을 넘어
귀하게 돌아왔다

우리 손에 쥐어질 것은 결국 없는데
지나간 일 잊고 새로이 맞으리니
사람이 사람의 쉼터에 왔는데

꽃 살이

꽃은 그대로 지고 마는가
꽃 모양도 제대로 내지 못하고
흙으로 가고 마는가

이렇게 지지도 못하고
지지리 긴 목숨 이어 가
무슨 흔적으로 남으려나

꽃은 그 자리에서 다시 태어난다지만
사람은 가고 나면 그뿐
이 꽃 살이에 매어 있구나

꽃은 그대로 지고 마는데
욕심도 없이 허영도 없이 꽃술에 달린 이슬처럼
사라질 것이면

아쉬움도 몸부림도 치지 않고
꽃처럼 그대로 지고 마라
이 살이 꽃 살이에 크지 않느이

낮은 자세에서 만나는 지혜의 시

채수영(시인, 문학비평가)

1. 시는 무엇인가

시인은 왜 시를 쓰는가? 다소 도발적인 질문으로 시작한다. 이 물음은 모든 시인들이 정립된 신념을 가지고 자신의 시를 쓰는지를 묻는다. 남이 쓰니까 나도 한다는 식으로 시작한다면 애당초 시 쓰기를 접어야 할 이유가 충분하다. 적어도 마음에서 들려오는 시의 소리에 죽기 아니면 살기 식으로 절대적 필요가 있느냐 아니냐는 시인이 쓰는 시의 목소리에서 판별이 난다. 다시 말해서 시를 써야만 살 수 있다는 절대 사랑의 마음이 있을 때 비로소 시를 접해야만 밀착된 시와 시인의 삶의 표현에 일체화를 이룰 수 있기 때문이다. 이런 논리는 시만이 아니다. 삶의 방식도 논리가 정립된 사람의 삶의 모습과 그냥 좋다는 식으로 살아가는 사람의 태도에서는 정신적 문제가 엄존한다.

신념이라는 줄기는 인간을 곧추세우는 필수 요소이다. 시

133

는 신념의 표현이고, 그 신념을 시적으로 나타낼 때 시적 장치의 요소가 결합하여 이미지의 숲을 이루면서 개성 있는 존재로 우뚝 설 수 있다.

시인의 자서自序는 시집에 담으려는 고백을 기록한다.

시와 함께한 나의 인생 여정은 구원의 빛을 본 것이 사실이어서 삶의 어려움을 극복해 주었다고 자부한다.

시는 나의 화신化身이어서 보듬을 수밖에 없고 진정한 친구로 내세운다.

여생을 왕성한 시작으로 보내려 한다.

구원 받기 위해 글쓰기를 해 온 나로서는 인생의 마지막을 시로 덮으려 한다.

— 〈자서自序〉 중에서

삶의 반환점을 돌아 죽음으로 들어가는 인생의 길에서 중심을 붙잡아 주는 시의 역할에 헌신하고 싶어 하는 소망이 담긴다. 다시 말해서 시에서 '구원의 빛'을 발견했고, 이로 인해 '화신'으로의 몫에 스스로를 투척하려는 발상이 매우 공고하다. 인생의 마지막을 시의 이불로 덮으려는 각오가 빛나는 마음을 채색한다. 이로 보면 이종우의 시에 대한 열정은 그가 살아가는 일과 등가等價를 이루면서 여생의 마무리를 각오하는 신념에 대한 결의가 두텁다. 이 믿음의 전제 위에서 이제 그의 발성을 듣는 길로 들어간다.

2. 시에는 향기가 있다

시와 독자의 관계는 선택적이다. 고급한 독자는 고급한 시의 맛을 알고 또 감동의 흥취에 자기 신명의 줄기를 따라 동화하는 길을 택한다. 왜냐하면 시에는 이 세상의 가장 지고至高한 삶의 향기가 들어 있고 또 삶의 길을 인도하는 통로가 들어 있어 교훈적이면서 생의 의미를 너욱 빛나게 하는 에너지를 포장하고 있기 때문이다. 그러나 "주어도 못 먹는 떡"처럼 선택적 독자에게 시는 결코 쉽사리 몸을 보여 주지 않는다. 마치 갈증 난 사람에게 물 한 모금이 감로수가 되는 것처럼 시 또한 갈구하는 독자를 위해 빛나는 이름이 될 수 있다는 뜻이다.

1) 무지렁이의 변명
사전에서 무지렁이는 "일이나 이치에 어둡고 어리석은 사람, 어리숭한 사람" 등으로 설명된다. 이와 반대는 약삭빠른 사람이 될 것이다.

삶의 방법에서는 전자보다 후자가 더 잘살고 출세하는 등 능력을 앞세우는 사람이 된다. 대부분의 사람들은 무지렁이보다는 출세와 부자에 마음을 두면서 일상을 살아가는 길을 선택한다. 이종우는 스스로 자기 삶의 모양을 무지렁이로 자처하면서 오로지 시에 마음을 토로하는 양상을 보인다. 시집의 표제가 되는 시를 옮겨 확인의 길로 들어간다.

가진 것 없이 쇠똥 밭에 구르다가
저승을 바라보는 이들

한때 들꽃과 벗하고 풀잎과 어울리며
원망 않고 건강히 살았네

무지랭이는
제 손발로 뛰어 살았으니

하늘은 양보도 없이
무지랭이의 진땀을 흘리게 하였네

남을 속이지 않고 정직한 하늘을 만나
웃음을 잃지 않는 그대의 빛남을 위해

가슴 아프도록 목청 높여
노래를 하네 무지랭이의 노래를

— 〈무지랭이의 노래〉 전문

　자족自足의 생을 살기란 지난한 일이다. 왜냐하면 온갖 유
혹과 굴곡이 많은 세상사를 지나는 일은 개인의 청청함을
그대로 놓아두지 않고 온갖 시련의 시험을 통과하면서 살아
야 하는 어려운 길이기 때문이다. 자기를 세우는 중심을 갖
고 있을 때, 비로소 삶의 고통을 벗어나는 달관의 경지에 당

도하여 자기만의 색깔로 살아가는 데 부와 권력은 하등의 선망의 대상이 아닐 수 있다. 순수와 정직과 성실함을 가진 사람일 때, 비록 선망하는 인생이 아닐지라도 부끄러움 없이 사는 데에서 자족의 길을 찾을 수 있다. "제 손발로" 그리고 어떤 상황에서도 "원망 않고" "남을 속이지 않고 정직한 하늘을 만나 / 웃음을 잃지 않는" 인생을 살아가노라면 자기만의 노래를 부를 줄 아는 사람에게 굳이 무지렁이 또는 어리석은 사람이라고 부를 수는 없다. 조금 늦다 해서 혹은 뒤로 물러났다 해서 결코 어리석은 사람이 아니고 오히려 앞선 사람으로의 길이 열릴 것이기 때문이다. 빨리 뛰어가다 넘어지면 이미 성패는 끝난 이치처럼 세상사의 일들은 결코 순서로 결정할 일이 아니다. 이런 견지에서 이종우 시인은 자기만의 노래를 실컷 부르겠다는 자유정신이 두드러진 현명한 시인이다.

2) 시의 깊이 찾아가기

시인은 시에 자기의 운명을 걸고 살면서 시를 찾아 방황하고 시의 맥脈을 위해 온갖 고초를 감내하면서 오로지 시의 향기를 추적하면서 생애를 살아가는 존재일 것이다. 그러나 시는 찾는다 해서 결코 쉽게 얼굴을 드러내는 존재가 아니라 순간에 왔다가 순간에 사라지는 신기루 — 마치 안개 속 보물찾기와도 같을 것이다. 설혹 시의 맥을 찾았다 해도 '좋은' 시 한 편이 길을 내어 줄 때 애간장을 태우는 일이 한두 번이 아닐 것이다. 시는 그런 특성이 있지만, 뿌리 깊은 인간 ─ 열심히 현실을 사는 사람이거나 현실을 충실히 운영하는 사람의 눈에는 순간에 다가오는 길을 내어 준다. 쉬운 말로 해서 비싼 존재이기 때문에 그만큼 대가를 지불하는 조건에 맞아야 한다는 뜻이다.

3) 시를 향한 열정

시인은 시로써 말하고 시를 가지고 시론을 쓴다. 더불어 시를 신앙으로 생각하는 열정을 가질 때 "종교를 대신하는 것은 시詩다"라는 말은 영국의 비평가 매슈 아널드가 한 말이다. 그러면 시가 종교를 대신하는 기능은 무엇일까? 쉽게 말해서 종교의 기능이 선량하고 착함을 표상한다면 시는 그런 이치에 합당하다는 비유를 완곡하게 말하는 뜻일 것이다. 시인이 사기꾼 혹은 거짓으로 자기 시를 표현하는 경우는 없을 것이 정한 이치이다. 이런 기능이 곧 시의 가장 주요한 현상일 때 평생을 시와 더불어 살 수 있는 미명美名이 합리성을 획득하게 된다.

밥 없이는 살아도
나는 시 없이는 못 산다

굶어 죽어도
종이와 펜만 다오

너와 나 사이의 벽이

벽이 살아 있어도

시는 벽이 없느니
시는 벽이 없느니

내가 죽어도
시는 죽지 않느니

— 〈시와 밥〉

　무서운 선언이다. 즉 "밥 없이는 살아도 / 나는 시 없이는 못 산다"라는 말은 시가 삶의 전부이고 세상 가치의 척도가 된다는 선언이기 때문이다. 이 선언을 지키기 위해 죽음을 불사하고 시의 성城을 지키는 의지가 돋보여야 한다. 한마디로 시에서 밥과 권력 혹은 서푼 명예 등은 찾을 길 없는데도 시에 온 신명을 걸고 사랑하는 이유는 뭘까? 가정법으로 "굶어 죽어도"라는 맹세가 결의를 다진다. 그만큼 절대적이라는 소신을 들을 수 있기 때문에 시에서 모든 가치를 담으려는 선언적 의미가 명료하다. 이를 더욱 강화하는 말은 "내가 죽어도"의 비유 곧 시와 죽음에서 택일하라 하면 시를 선택하겠다는 말이다. 그 조건은 자유정신을 운위云謂한다. 시는 벽이 없고, 그 때문에 그 자유의 날개에 올라타 세상을 주유周遊하고 싶은 정신의 일면이 드러난다.

　에이미 로웰은 "시는 어떻게 만들어지는가?"라는 질문에 "모른다"라고 답했다. 시는 시인의 의식을 두드리는 상상의

139

작용에 의해 비로소 이미지의 순서 앞에 정렬한다. 그러나 정신적 흥분 상태 속에서 나오는 시의 싹은 언제나 미지수의 함정에 몸을 숨기고 도망 다니는 길목에서 시인이 포착의 눈을 두리번거릴 때, 어쩌다 시의 신을 만날 수 있을 뿐이다. 그만큼 미지수라는 시의 모습은 암연黯然이거나 암담한 어둠을 방황해야만 찾을 수 있다. 한 장의 백지 위에 시가 형태를 갖추는 과정을 창조라 부르는 것도 없음에서 만나는 표정의 이름일 것이다. 시인은 항상 절망에서 건져 올리는 소득이 있으므로 지고지순한 마음을 발휘하여 시의 신을 대면하게 된다면 이종우는 그런 열정의 치열성을 전면에 포진하고 전쟁에 임하는 시의 장군과 같다. 그만큼 결의가 굳기 때문에 그는 시에 대한 사고가 치열한 — 불타는 의식의 소유자이다.

　모든 예술가는 자기 에너지를 발산하는 방법이 있다. 이는 개성에 따라서 이미지를 조합하고 배열하는 기교가 남다를 수 있기 때문에 항상 긴장을 유지하는 길이 일상을 지배하게 된다.

　　글 쓰는 일이 신이 났으면 한다
　　꽃이 피어오르듯이 향내를 내면서

　　나의 시들은 시들어 있다
　　물이 필요한데 물은 어디서 오는 걸까

꽃보다 못한 시를 지어야 하나
그 고통의 날들

쉽게 쓰이지 않는 시구는
멀리 구름에 떠 있네

— 〈시작〉

시인마다 애타게 찾는 시의 자취를 포착하기 위해 종일
신명神明을 다한다. 마치 물을 두 손으로 움켜쥐듯 시를 붙
잡으려는 일상은 처절하리만큼 금시 새어 나가는 허망을 많
이 경험할 수 있을 것이다. 이처럼 시는 모래 움켜쥐기처럼
도로徒勞의 기회가 다반사일 것이다. 이런 비유의 고통이 어
느 순간에 문을 열어 주었을 때 시인은 환호작약歡呼雀躍의
기쁨을 갖고 시에 헌신하게 된다. 이종우 시인은 "고통의 나
날들" 속에서 자기를 산화散花하여 시와 맞바꾸는 죽음의 결
의가 있어 시에 매달리는 용기가 높다. 언젠가 득의得意한
시에 만족할 수 있는 여지가 여기서 나온다. 물끄러미 바라
보면서 다가오기를 바라는 것이 아니라 열성적으로 찾아가
사정하는 〈시삭詩作〉 태도에서 언센가는 응답의 회신이 틀
림없이 올 것을 믿는 신앙을 깃발로 날리는 시인이기 때문
이다.

향 싼 종이에서 향내가 나고
생선 싼 종이에서 비린내가 난다

나를 둘러싼 종이에서 무슨 내음일까

지루한 나날이니 향내가 날까

수양이 더디니 무슨 향기가 날까

남들은 수수히 사는데

나는 괜스레 고민하며 산다

시를 쓴다는데

도대체 무슨 내가 날까

— 〈향내〉

　모든 시에는 시인의 향기가 들어 있다. 엘리어트의 시는 고답하고 난해한 개성이 들어 있고 상징파의 말라르메나 라마르틴의 시엔 그들만의 상징이 숨을 쉰다. 곧 시인이 자기 시에 일정한 수로를 형성하여 자기만의 향기를 간직할 때를 일러 개성의 표현이라 부를 수 있을 것이다. 이종우는 자기가 창작하는 작품에 어떤 향기가 날까라는 의문에 대답을 갈구한다. 생선을 싸면 종이에서는 비린내가 나고 꽃을 지니면 꽃향기가 나는 이치처럼 시에도 개성의 향기가 있어 그만의 세계를 구축하는 일이 곧 시업詩業의 결과이다. 소월은 한스러운 삶의 표정을 노래하고 한용운은 불교적 희생의 무한을 임에 형상화했을 때 사랑받을 수 있는 것처럼 시에 향을 구축하는 일은 성공의 작업을 뜻한다. 이런 마음을 갖고 시작詩作에 임하는 자세는 언젠가 약속을 받아 낼 가능

성을 예상한다. 이를 위해서는 자기만의 토양을 가꾸는 선결 작업이 있어야 한다. 다시 말해서 넉넉한 토양을 마련하고 거기에 비료를 주고 또한 정성을 쏟는다면 틀림없이 좋은 꽃을 피우고 향기가 그 뒤를 따르는 길이 넓어질 것이라는 뜻이다. 이종우의 약속에는 스스로가 만드는 작업의 결실이 예약된다.

시작을 돌아보며

생채기들로 감싸 올린 나무 등걸
꽃피울 수 있으랴

생채기 아물어 제 살이 나올 때
허물을 벗으며 꽃도 피고 열매도 맺으려니

하루가 소리도 없이 간다
꽃필 새도 없이 시간은 흐르기만 하고

끝 날을 기다리며
시작을 돌아보니

꽃을 보기까지 긴 한숨이 나온다

— 〈시작詩作을 돌아보며〉

많은 시를 쓴 시인이라 해서 꼭 좋은 작품과 만나는 것은 아니다. 2,824편을 창작한 조병화나 30여 편을 쓴 이육사를 숫자로 판별하는 것은 어리석다. 그러나 많은 작품 속에서 틀림없이 좋은 작품이 나올 수 있기 때문에 다작多作은 곧 좋은 작품의 충분조건일 것이다. 많은 노력 속에서 꿈은 이루어지기 때문이다.

어떤 시인이나 자기 작품을 돌아보면 실망하는 것은 당연하다. "긴 한숨이 나오는" 것은 셰익스피어가 자기 작품을 바라볼 때도 마찬가지일 것이다. 원래 창작에 만족이 없는 갈증渴症이 더 많은 이유는 그것이 창조의 길이 진행하는 순서이기 때문이다.

4) 삶의 표정들

살아 있는 사람들은 저마다 다른 표정을 갖고 살아간다. 심지어 쌍둥이일지라도 다른 개성을 발휘하는 것은 사람이 저마다 다른 일로 살아가는 임무가 주어진 때문일 것이다. 더러는 같은 형제일지라도 전혀 다른 생각, 다른 행동 양식을 나타내는 것은 생활하는 방법에서도 마찬가지일 것이다.

살아간다는 것은 고달픈 일이다. 삶에서는 어느 누구도 선택적일 수 없고 또 운명을 이끌고 가는 길과 수단이 저마다 다른 것을 살필 수 있다.

시도 똑같다. 왜냐하면 "시는 곧 그 사람이다"라는 명제가 가장 합리적인 사실이기 때문이다. 마치 인간의 지문이 다르듯 시의 표현도 그처럼 같은 것이 없는 표정을 나타낸다.

삶에는 고달픈 일들이 밀려온다. 그래 불교에서 고해苦海라는 말 — 한마디로 나타낸 것은 아주 적절하다. 삶은 아수라 혹은 아비규환의 지옥도이다. 이를 탈출하는 방법은 자기 수련의 방법을 동원할 때이고, 그제야 비로소 생의 이름에 안도감이 다가든다. 이종우 또한 삶의 문제 앞에 고민한다. 〈고배〉, 〈인생 고개〉, 〈구름〉, 〈낮은 자리〉 등은 삶의 모습이 어떤 진로를 형성하는가를 살필 수 있는 작품들이다.

산 넘어 산
물 건너 물
길 떠나려 하면 막히는 고비들
그래도 가야만 한다면
쉬엄쉬엄 오늘을 노래하자

오늘 가는 길이 고되어도
수많은 벽이 있어도
살아 숨 쉬는 이 순간을 어이하나
한줄기 차가운 바람이 불어온다
오늘을 노래하자

산 넘어 산
물 건너 물
길 떠나려 하면 무거운 등짐
그래도 지고 가야 한다면

서두르지 말고 오늘을 노래하자

- 〈여정〉

  멀고 먼 인생길을 어떻게 갈 것인가는 누구나 갖는 의문이다. 급하게 가는 사람도 있고 느릿느릿 세상사를 바라보면서 유유자적하는 사람도 있을 것이고 또 재미로 사는 사람도 있을 것이다. 그러나 인생의 길을 가는 방법에는 정답이 없다. 그가 선택적으로 살아가는 길이 곧 자기 삶이고 어떤 모습으로 그 길을 지날 것인가는 자기가 결정할 대목이다. 수많은 장애의 벽이 기다리고 있고 또 산 넘고 물을 건너는 바람도 산이 나타나면 비켜 가고 물이 가로막으면 역시 옆으로 돌아가는 길이 있다. 그 때문에 쉬엄쉬엄 여유로운 길을 가자고 주장하면서 자신의 노래를 부르겠노라는 이종우의 자세가 느긋하다. 악다구니의 땀을 쏟는 갈급함이 아니라 자연을 거스름 없이 찬찬히 바라보는 자세에는 삶의 관조觀照가 담겨 있다. 인생이란 먼 길을 가는 나그네임을 자각하고 살아가는 사람의 여유로움이다.

  산 넘고 산 넘어 쉬었다 가네
  즐거운 소풍이기엔 굴곡이 심했네
  모든 애증을 뒤로하고 무지랭이로 살다
  산 넘고 물 건너 쉬었다 가네
  서쪽 하늘에 겨울새 넘어가네

- 〈인생 고개〉

고개 많은 인생이다. 산을 넘으면 다시 산이 다가오고 또 그런 진행형이 죽는 날까지 이어진다. 마치 카를 부세의 "저 산 너머 또 넘어 더 멀리에 / 모두들 행복이 있다 하기에 / 홀홀히 찾아갔지만 / 저 산 너머 또 넘어 더 멀리에 모두는 행복이 있다 하건만"과 같은 되풀이의 길을 가야 한다. 즐거운 소풍일 수도 있고 슬픈 여정일 수도 있겠지만 어쨌든 포기하기엔 너무나 엄정한 숙제가 기다리고 있기에 가야 하는 필연이 당연한 일이다. "무지랭이"와 "쉬었다 가네"의 여유에는 길고 긴 여정에 부끄러움을 갖지 않는 여유로운 나그네의 모습이 담겨 있다. 이종우는 〈낮은 자리〉를 선택하는 지혜로움 때문에 인생의 길이 고달픔과는 달리 의미로 나아감을 눈여기게 된다.

5) 동화의 길

동화assimilation와 투사projection는 시의 창작에 동일성을 이루는 수단이다. 세계와 시인의 표현 사이에는 대상이 있다. 이 대상을 자신의 내부로 끌어와 내적 인격화를 하는 방법을 동화라 하고, 감정이입感情移入의 수단으로 자아와 세계가 일체감을 이룰 때는 투사라 말한다. 노천명의 〈사슴〉은 투사이고 상상의 세계에서 동화는 항상 자아와 세계의 일체화에 헌신하는 방법이다. 물론 대상을 나로 끌어들이는, 혹은 내가 대상과 일체가 되는 방법은 대척과 굴곡 등의 과정을 지나면서 시인의 의도Intention 속에서 펼쳐진다.

비가 오면 비와 친구가 되고
눈이 오면 눈과 친구가 된다

어이 황량한 들판이 있으리
천지에 친구니 외로움 떨치고

따스한 강가에서
내일을 노래 부르며

만사를 즐거이 보라
짧은 길 아니런가

— 〈길〉

비가 내리면 비로소 비와 내가 혹은 비와 자연물이 하나로 통합된다. 일인칭 나는 곧 자연물이고 비가 내림으로 인해 그 변화는 초록으로 변한다. 비나 눈이 친구가 되는 것은 그들이 내림으로써 비로소 하나로 통합되는 일체의 경지가 연출된다는 상징이다.

시는 일체감을 만드는 작업이다. 다시 말해서 대상과 대상을 연결하는 비유나 시적 장치에 의해 탄탄한 변화인 새로운 뜻으로 변모하는 것은 결국 일체화의 작업이 곧 시적 작업이라는 뜻이다. 결국 "일체를 즐거이 보리라"의 흥이 일렁이는 작업이 시의 본질이다.

산은 새파란 하늘에 기대어
흰 구름과 이야기하고

나무는 나무와 더불어 어깨동무하며
함께 노래한다

산의 그윽한 향은
나의 가슴에 파고드는데

어찌 우리는
저 산과 달리 창을 닫나

— 〈산에서〉

산은 모든 것을 포용함으로써 산이 된다. 즉 짐승이 산에 들어가 쉴 수 있고 생존의 방법으로 은신隱身할 수 있으면 산과 동물은 의지 관계이고 동화의 관계망이 형성된다. 그렇기 때문에 짐승은 산으로 들어가 자기 보존의 방법으로 살아간다. 부모와 자식의 관계도 같은 비유가 될 것이다. 이종우 시인의 이런 시 표현 기법은 잘 처리된 기교로 생각된다.

6) 허무의 문법

허무는 살아가는 본질이다. 사는 길에 무엇이 있는 것처럼 생각되지만 실상은 아무것도 없는 주먹 쥐기와 같고 물을

잡는 것과 같이 아무것도 없다는 데 삶의 본질이 있다. 공자
도 예수도 그런 설법을 당연시했다. 허무가 절망의 끝에 이
르면 죽음에 이르고, 허무를 삶의 인식으로 밝게 보면 삶의
본질에 도달한다. 어느 것이든 삶은 허무의 의상衣裳을 걸치
고 있지만 사람들은 저마다 다른 성질을 부여하며 다른 방
향으로 일상을 살아간다.

〈허무의 언덕〉, 〈살날이 길지 않은데〉와 〈귀향〉 혹은 〈홀
로 서 있다〉 등의 뉘앙스는 허무가 생의 진정한 표정을 통찰
한 시인의 사고가 깊이로 지향점을 잡고 있음을 증거한다.

> 언덕을 넘어도 허무라면
> 허무의 판에 부를 노래를 찾으라
>
> '헛되고 헛되니 모든 것이 헛되도다'
> 살아 있는 한 외치는 구호
>
> 언덕을 넘어도 허무라면
> 허무의 판에 진실과 진리를 찾으라
>
> ─〈허무의 언덕〉

허무에 좌초되면 절망을 불러오고 허무에서 극복의 묘수
를 찾으면 건강을 맞이한다. "헛되고 헛되니"의 성경 구절
에서 허무의 본질은 허무를 넘어야 한다는 이면의 문맥을
함축하고 있다. "헛됨을 몸으로 아노니 / 살아 있는 날 어이

할거나"〈살날이 길지 않은데〉에서도 허무를 인식하고 그 처리에 스스로 답을 마련하는 건강성이 보인다. 시는 어떤 경우에도 죽음이나 절망을 노래하지 않는다. 절망과 아픔에서 비극으로 떨어지면 시의 기능이 아니고 희망과 사랑을 노래할 때 비로소 감동을 줄 수 있다는 정석을 믿어야 한다. 끝없이 다가오는 허무의 능선을 넘으면 또다시 전열을 정비하여 다가오는 허무의 부리에 이기는 방법으로 "허무의 판에 진실과 진리를 찾으라"는 시인의 강조는 매우 합리적인 처방전이다. 진실과 진리에 봉사하는 것은 곧 건강하게 혹은 열성적으로 살아가는 삶의 태도가 되기 때문이다. 허무가 파도로 밀려올 때 이를 넘어가는 방법은 더 이상 궁리가 없는 답안이 된다.

3. 길은 길에 이어진다

시는 사는 노래이고 그 가락은 슬픔일 수도 있고 즐거움일 수도 있다. 어느 쪽에 가깝다 해도 자기화의 방법론으로 살아가는 것은 곧 개성이고, 이를 표현하는 시는 생동감을 갖는 노래가 될 수 있다. 이종우의 시는 연륜의 깊이에서 오는 건강한 이미지의 다스림이 활달하고 언어 탄력이 묘미를 준다. 무지렁이가 자기라는 것을 알면 이미 그런 사람의 경지를 벗어난 판단이 유효하다. 다시 말해서 지혜로운 자가 스스로를 낮춤으로써 진리에 헌신할 수 있다면, 이종우는 그런 경향에 미소 짓는다.

시는 향기가 있어야 한다. 나무는 향기를 선전하기 위해 스스로를 끌고 다니지 않고 그 자리에서 향기를 발산하면 벌과 나비가 모여든다. 좋은 시의 이치도 바로 그런 비유가 가능하다. 향내 나는 시를 위해 땀을 흘리는 열성이 넘치는 것은 그만큼 헌신에 스스로를 바치는 모습이 의연해야 하는 이유가 된다.

낮은 자세로 삶에 임하고 정도正道를 지향하는 건실한 모습에서 시적 의미가 한층 빛난다. 허무를 생의 본질로 인식하면서 절망에 떨어지지 않고 빛을 향하는 노래에 밝음이 환하다. 이를 사물과 사물을 연결하는 남다름을 노력으로 채우는 시적 열정으로 돌리면 이종우는 한층 성숙을 향해 매진하는 모습이 아름다운 시인이다.